Nom d'un bourdon!
Quel grognon!

Par Betty Birney
Illustrations : Sue DiCicco
Traduction et adaptation : Le Groupe Syntagme inc.

Les presses d'or

© 1999 Disney Enterprises, Inc. Tous droits réservés.
© 1999 Les presses d'or (Canada) inc. pour la présente édition.
Aucune partie de ce livre ne peut être reproduite ou copiée sous quelque forme que ce soit
sans l'autorisation écrite du propriétaire du copyright.
Imprimé au Canada. ISBN : 1-552251-20-9
Dépôt légal : 2ᵉ trimestre 1999.
Bibliothèque nationale du Québec.
Bibliothèque nationale du Canada.

Un beau matin, Maître Hibou survole la forêt des Cent Arpents lorsqu'il remarque quelque chose d'étrange. La cime des arbres n'est pas verte… elle est blanche!

«Ma parole, c'est qu'il a neigé!» s'exclame-t-il en se posant sur la branche d'un arbre.

«*Oumpfss*», répond une voix étouffée.

«Youhou? Il y a quelqu'un? demande Maître Hibou.
– Non, personne. Juste moi», répond un tas de neige.
Maître Hibou descend de l'arbre et regarde sous la neige.
«Bourriquet! Pourquoi te caches-tu?»

«J'étais sous l'arbre, répond-il, je ne dérangeais personne, quand soudain quelqu'un s'est posé sur une branche et a fait tomber un tas de neige sur moi.

– Oh là là, s'exclame Maître Hibou, je suis désolé.»

L'âne gris secoue la tête et déclare : «Ce n'est pas ta faute.

Mais cette horrible neige est froide et mouillée, impossible de trouver un chardon. C'est vraiment une journée terrible.»

Maître Hibou ne trouve pas la journée si terrible. La neige est douce et jolie. Mais comme il vient pour se poser sur une plaque de glace, il glisse et tombe sur le dos.

«Aïe! Cette glace est dure, se plaint Maître Hibou. Bourriquet a raison, la journée est VRAIMENT terrible et pleine de dangers.»

Une fois chez lui, Maître Hibou s'installe confortablement dans son fauteuil en tentant d'oublier la neige et la glace.

Soudain, sa maison se met à trembler.

«Ouvre!» crie une voix familière.

Tigrou bondit sur le balcon. «Arrête immédiatement!
lui ordonne Maître Hibou.

– Les Tigrous adorent la neige! Et la neige fait bondir les
Tigrous comme jamais! Viens jouer dehors avec moi!»

Maître Hibou hoche la tête et déclare : «C'est hors de question.
Je reste à l'intérieur jusqu'à ce que la neige et la glace fondent!

C'est une journée vraiment trop terrible!»

Sur ces mots, il claque la porte au nez de Tigrou.

«Qu'est-ce qu'il en sait?» s'interroge Tigrou, en bondissant dans la neige. «La neige est fantastigre!»

Soudain, Tigrou bute contre une souche recouverte de neige et s'étale de tout son long dans un grand SPLASH!

«Ah! les Tigrous détestent la neige», grogne-t-il.

Il poursuit son chemin dans la forêt des Cent Arpents sans faire le moindre petit bond.

«Bonjour Tigrou!» crie Petit Gourou en voyant Tigrou passer.
«Tu viens jouer dans la neige?»

Tigrou hoche la tête. «Non merci! La journée est terrible et vraiment, ça m'enlève le goût de bondir.»

«Voilà un Tigrou bien grognon!» s'amuse Petit Gourou.

Il continue à se promener à petits bonds dans la neige épaisse.

Pendant ce temps, Winnie l'Ourson et son bon ami
Porcinet s'amusent à faire des anges dans la neige.
«En haut, en bas, devant, derrière. Nom d'un bourdon,
de quel côté vont les ailes?» demande Winnie.

Petit Gourou, qui se promène tout près, perd l'équilibre, déboule la colline et atterrit sur la bedaine de Winnie.

«Allô Petit Gourou! Tu t'amuses bien?» lui demande Winnie.

Petit Gourou se renfrogne. «Pas du tout! s'exclame-t-il. C'est une journée terrible et froide et j'ai glissé à cause de la neige.

J'ai détruit vos beaux anges de neige. Je suis désolé.» Sur ces mots, Petit Gourou s'en va en prenant bien garde de ne pas tomber.

Winnie soupire et regarde les anges de neige. «Ils ne sont pas si beaux que ça.» Porcinet grelotte. «Il fait un peu f-froid ici», dit-il.

«Il fait si froid que mon miel a gelé! s'exclame Winnie en regardant dans son pot de miel. Cette journée est peut-être vraiment terrible… nous pourrions même mourir de faim!»

Les deux amis se réfugient à l'intérieur pour se réchauffer et se sentent bien piteux.

À ce moment, Jean-Christophe vient chercher ses amis pour aller jouer dehors. Winnie est bien étonné.

«Jouer? Par une si terrible journée? Tu ferais mieux de rentrer chez toi et de ne pas revenir avant le printemps!

– Qu'est-ce qui vous rend si grognons? demande le garçon.

– Grognon? Moi? s'étonne Winnie. Tu as raison, c'est vrai que je me sens grognon.

– M-moi aussi», ajoute Porcinet.

Ils lui racontent leur rencontre avec Petit Gourou.

«Il était grognon lui aussi!» souligne Winnie.

«Oh-oh! On dirait un cas grave de grogne galopante! déclare Jean-Christophe.

– La g-grogne g-galopante? Est-ce que ça s'attrape? s'inquiète Porcinet.

– Oui, c'est très contagieux, répond Jean-Christophe. On attrape facilement la mauvaise humeur de quelqu'un d'autre.

Le remède, c'est la bonne humeur, qui se répand rapidement, elle aussi. Laissez-moi vous faire une démonstration!»

Jean-Christophe amène Winnie et Porcinet à l'extérieur. «Recommençons à faire des anges dans la neige», dit-il.

«Je n'ai jamais vu d'aussi beaux anges!» s'émerveille Jean-Christophe.

Bientôt, Winnie et Porcinet rigolent avec Jean-Christophe. Lorsqu'ils se sentent enjoués et plus grognons du tout, ils partent à la recherche de Petit Gourou.

«Apporte ton traîneau», dit Winnie à Jean-Christophe.

Après quelques descentes rapides sur le traîneau de
Jean-Christophe, Petit Gourou retrouve sa bonne humeur.

«J'aime mieux glisser en traîneau que ronchonner!»
s'exclame Petit Gourou en riant aux éclats.

«Youpi! Il n'est plus grognon!» s'écrie gaiement Winnie.

Au pied de la pente, ils trouvent Tigrou, encore grognon.

«Les Tigrous détestent l'hiver! dit-il à ses amis.

– Laissez-moi m'en occuper, dit Winnie. Toc-toc-toc!

– Qui est là? demande Tigrou sans enthousiasme.

– Neige.

– Neige qui?

– N'ai-je pas droit à un sourire?» répond Winnie.

À la surprise de tous, Tigrou éclate de rire.

«Elle est bonne! Allons la faire à mon vieil ami Maître Hibou», dit-il en bondissant vers la maison de Maître Hibou.

«Toc-toc-toc!» crie Tigrou.

Tout d'abord, Maître Hibou refuse d'ouvrir la porte.

«Reviens au printemps! répond-il.

   – Toc-toc-toc! répète Tigrou.

   – Bon, d'accord. Qui est là? répond Maître Hibou.

   – Neige.

   – Neige qui?

   – N'ai-je pas droit à un fantastigre sourire?» rigole Tigrou.

Lorsque Maître Hibou sort de sa maison, il sourit et déclare : «Ce n'est pas une journée si terrible, après tout.
— On dirait que la bonne humeur a fait son effet encore une fois», chuchote Winnie à l'oreille de Jean-Christophe.

Ensuite tous les amis vont patiner sur l'étang glacé.

«Viens avec nous!» crie Jean-Christophe à Bourriquet qui est resté au bord. Il hoche la tête et dit, plus grognon que jamais : «Je me casserais probablement quelque chose.»

Jean-Christophe constate que la grogne galopante dont souffre Bourriquet a besoin d'un traitement de choc.

Soudain, Jean-Christophe a une idée. Avec l'aide de Winnie, de Porcinet et des autres, il commence à fabriquer d'énormes boules de neige.

Lorsqu'ils ont terminé, Winnie et Porcinet vont chercher Bourriquet en lui disant qu'ils ont une surprise pour lui.

«Peu importe ce que c'est, ça ne fonctionnera probablement pas», se lamente Bourriquet de plus en plus grognon.

Mais quand Bourriquet voit sa surprise, ses yeux s'écarquillent et les coins de sa bouche s'étirent vers le haut plutôt que vers le bas.

La surprise, c'est Bourriquet en sculpture de neige!

«Je n'ai jamais rien vu de pareil, dit-il. Je crois que j'ai retrouvé ma joie de vivre. Naturellement, au printemps, le Bourriquet de neige va fondre et je vais redevenir grognon.

– Tant mieux, chuchote Winnie à Jean-Christophe, on pourra à nouveau lui redonner le sourire!»